I0686683

1655
429
C

LA VÉRITÉ

AUX OUVRIERS, — AUX PAYSANS, AUX SOLDATS.

SIMPLES PAROLES

PAR M. THÉODORE-MURET.

Quatrième tirage.

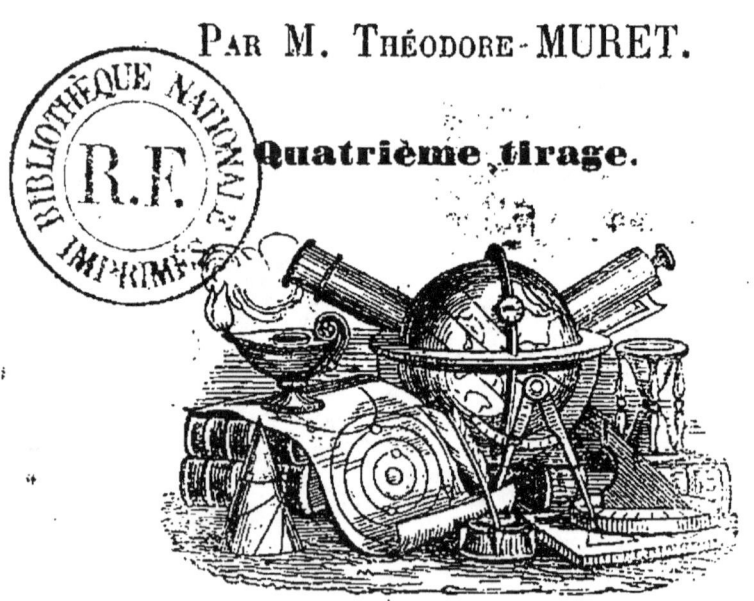

PRIX : **10** CENTIMES.

PARIS,

Chez GARNIER Frères, Libraires,
Palais-National, 215.

ROUEN,

Chez tous les Libraires.

AVRIL 1849

1849

Nota. — Chaque tirage est de DIX MILLE exemplaires.

L'auteur du présent écrit n'est pas noble; — il est donc étranger à tout esprit de caste nobiliaire, supposé que cet esprit-là puisse exister encore de nos jours.

Fils de commerçant, il honore, il doit honorer l'industrie et le travail ; ne fût-ce pas par raison, ce serait par souvenir de famille.

Cela étant dit, entrons en matière.

———

I.

AUX OUVRIERS.

I. Le cri : VIVE LA RÉPUBLIQUE DÉMOCRATIQUE ET SOCIALE !

Allons au fond des choses, et voyons ce que veut dire ce cri, dont on a fait un mot de ralliement.

La République DÉMOCRATIQUE ! Ne l'avons-nous pas ?

Quel État plus démocratique au monde que [celui où le suffrage souverain, la suprême puissance, appartiennent à tous les citoyens sans distinction, où le plus obscur et le plus pauvre pèse, par son vote, autant que le plus opulent et le plus illustre ?

Mais ce mot *démocratique* n'est-il pas employé ici pour déguiser une anarchie où le pouvoir appartiendrait au plus turbulent et au plus criard ?

La République SOCIALE ! si je ne me trompe, ceci veut dire : *Fondée sur le socialisme.* Examinons ce qu'il y a sous ce mot, inventé par des charlatans, par des intrigants, pour faire des dupes et des malheureux.

Socialisme, vous diront-ils, signifie Association universelle. En d'autres termes, tout le monde mettant son travail en commun, les hommes laborieux, industrieux, se donneraient de la peine au profit des paresseux et des incapables ; les frelons vivraient aux dépens des abeilles. Etrange *association !* singulière *fraternité !*

« — Tu es laborieux, tu travailles : je ne fais rien et je ne veux rien faire. » Tout le Socialisme, tout le Communisme est là.

Vive la République démocratique et sociale, n'a pas, dans le fait, d'autre sens que : *Vive la République des anarchistes et des fainéants de bon appétit !*

—

II. *L'Organisation du travail.*

Vous vous rappelez, — vous surtout, ouvriers de Paris, — l'histoire de cette indigne charlatanerie.

Sous prétexte d'*organiser le travail,* de soi-disant tribuns du peuple, très-amateurs de toutes les jouissances de la vie, s'étaient installés dans un somptueux palais, au Luxembourg.

Aux dépens du trésor public, ils y faisaient grande chère ; ils arrosaient des perdreaux truffés avec les vins des meilleurs crus, et dans l'intervalle de ces occupations, ils jetaient chaque jour à de pauvres gens trompés des théories inintelligibles, d'emphatiques déclamations, d'impossibles chimères. Souvent des hommes pratiques, de vrais travailleurs, armés des seules lumières du bon sens, présentaient à ces faiseurs de phrases des objections solides ; le lendemain, le *Moniteur* publiait pompeusement le discours sonore et creux ; mais il se gardait bien d'y joindre les objections qui perçaient à jour ce ballon gonflé de vent.

Trop de malheureux s'y laissèrent prendre : pendant ce temps les ateliers chômaient. Les prétendus *organisateurs* avaient à leur disposition le trésor de l'État, toutes les forces publiques, une puissance absolue, et ils n'avaient abouti qu'à tout désorganiser.

Après l'*Organisation du travail*, une autre variété de la même jonglerie, le *Droit au travail*, vous fut jetée en pâture.

Au nom du sens commun, dites ! est-il possible que la Société soit tenue de fournir du travail, si le débouché fait défaut ? N'a-t-elle pas rempli son devoir, quand par tous les moyens, elle s'est efforcée de protéger, d'encourager, de développer le travail, et quand elle vient au secours de ceux qui souffrent faute d'en trouver ?

Admettons un moment que les utopistes qui cherchent à vous séduire puissent prévaloir : ils proclameront en grande pompe le *Droit au travail* ; oui, mais quand vous aurez le droit, le travail manquera plus que jamais, car toutes les sources qui l'alimentent seront taries.

Et soyez sûrs qu'en général, ceux qui réclament le plus bruyamment le *Droit au travail*, ne sont pas ceux qui ont le plus envie de travailler.

III. *Les cris* : A BAS LE CAPITAL ! A BAS LES BOUTIQUIERS !
A BAS LES RICHES !

Le *capital!* voilà un de ces mots dont les charlatans
ont fait un mot de haine et de colère pour ceux qui
lisent, écoutent et répètent sans se soucier de comprendre.

Pour toute industrie un peu développée, ne faut-il
pas deux éléments, l'argent et les bras ? Ne sont-ce
pas deux forces qui se fécondent l'une par l'autre ? Prenez les meilleurs et les plus intelligents ouvriers : dites-
leur d'établir, sans argent, une fabrique de quelque
importance ; ils ne le pourront pas, parce qu'il faut une
mise de fonds considérable pour la création et le roule-
ment. Vienne l'argent, les bras sont mis en œuvre, et,
en échange, ils font fructifier l'argent, non–seulement au
profit de son propriétaire, mais encore au profit de l'u-
tilité commune.

A bas les boutiquiers ! crient aussi les colporteurs de
haine. Mais n'est-ce pas le boutiquier qui vend les mar-
chandises sorties de l'atelier du fabricant où l'ouvrier
gagne sa vie ? S'il n'y a pas de boutiquier pour vendre,
le fabricant ne fabriquera pas, et, par suite, n'aura pas
besoin d'ouvriers : c'est clair.

Voilà comment tout s'enchaîne et se tient, dans la
Société humaine.

Et le cri : *A bas les riches !*

Dans les premiers temps après la révolution de Février, quand les riches fuyaient Paris et les grandes
villes, chassés par l'horrible chant du *Ça ira* et de la
Carmagnole, par les menaces de pillage et de mort
proférées contre eux ; quand toutes les dépenses de luxe
étaient, par là, suspendues, de faux amis du Peuple
prétendaient qu'il y avait une ligue, un complot pour
l'affamer.

A présent, les riches rouvrent-ils leurs salons, re-
prennent-ils leur état de maison ordinaire ? Les mêmes

voix crieront que ce luxe et ces plaisirs insultent à la misère du pauvre.

Qu'importe à ces hommes de mensonge de se contredire eux-mêmes?

Oh! que l'on encourage le luxe, au lieu de le proscrire! De beaux équipages circulent-ils sur nos promenades? il faut s'en féliciter. S'il n'y avait pas de carrosses, que feraient les ouvriers carrossiers, je vous prie?

De même pour tout le reste.

Tenez : voici un hôtel dont les fenêtres sont splendidement éclairées pour un bal; calculons un peu toutes les industries, et, par conséquent, toutes les professions ouvrières chez qui ce bal répandra de l'argent.

Lampistes, ciriers, tapissiers, tailleurs, gantiers, bijoutiers, coiffeurs, couturières, modistes, fabricants de soieries, de rubaneries, de fleurs artificielles, glaciers, pâtissiers, cochers de place, imprimeurs ou lithographes pour les lettres d'invitation; et combien d'autres professions que j'oublie!

Jusqu'à l'estropié ou à l'enfant qui gagne ses quelques sous à ouvrir les portières des voitures.

Maintenant, dites, serait-ce une bonne opération, de crier *à bas les riches*, et de casser les carreaux de cet hôtel?

Crier *à bas les riches!* n'est-ce pas crier : *A bas le travail?*

Je sais bien que ceux qui poussent de pareils cris ne sont point de vrais ouvriers, aspirant à gagner honorablement leur vie : ce sont des bandits qui voudraient voler et piller. Mais supposons que ces gens-là en arrivassent à leurs fins, c'est-à-dire au pillage : que feraient-ils de leur butin?

Est-ce que tous les genres de propriétés et de valeurs, terres, maisons, rentes, etc., ne seraient pas alors complétement dépréciés?

Les pillards auraient les poches pleines de bijoux; ils ploiraient sous le fardeau des étoffes précieuses, des meubles magnifiques; — et après? Au milieu du bouleversement et de la désolation universels, qui leur achéterait tout cela ? Les misérables seraient exposés à mourir de faim au milieu de ces stériles richesses.

Que les démagogues socialistes vinssent à triompher : oh ! alors, il n'y aurait plus de riches ; mais ce serait l'égalité de la misère.

IV. La MISÈRE : *Qui en est responsable ?*

La MISÈRE ! Je viens d'écrire le terrible mot.

Oui, la misère est trop réelle ; mais quels en sont les auteurs ?

Ne sont-ce pas les agitateurs, qui, en semant l'inquiétude, paralysent ainsi la confiance, le commerce, la prospérité ?

Un seul bonnet rouge arboré renfonce dans la poche de bien des personnes l'argent qu'elles tenaient déjà pour faire des emplettes.

Les démagogues socialistes ont un plan odieux, exécrable; c'est de pousser la population ouvrière au désespoir pour s'en faire un instrument.

Ce n'est pas ici une supposition vague. Quelques jours avant les affreuses journées de juin, on saisissait une lettre d'un affidé de Blanqui, où se développait ce plan infernal : Empêcher la reprise du travail par des émeutes et des alertes incessantes.

Tenez : voici ce qu'on lit dans le journal la *République* (numéro du 4 mars dernier) :

« Que faut-il, pour vaincre toute cette armée ? le temps.... un temps court. Demain la MISÈRE du pays, qu'ils tondent sous leurs rapines, aura plus fait pour leur désorganisation que nos efforts. »

En fait de *rapines*, quels sont les passés maîtres, sinon les hommes qui, au 15 mai, inauguraient leur règne d'une heure en décrétant, d'un seul coup, un impôt d'un MILLIARD ?

Ainsi, la MISÈRE, voilà l'auxiliaire sinistre sur lequel spéculent ces agents de malheur ! Cette misère, ils la font ou ils l'aggravent, afin de l'exploiter ! ils versent du vinaigre dans les plaies du malheureux, pour que, furieux, égaré par la souffrance, il se précipite en aveugle où leur fatale main le poussera, c'est-à-dire à l'assaut du pouvoir convoité par leur ambition dévorante.

L'enfer n'a jamais rien imaginé de plus atroce.

—

V. *Les* RÉACTIONNAIRES, *les* ARISTOS.

Encore de ces mots creux et vides que les hommes du désordre emploient pour tromper le peuple, pour servir de drapeau à la discorde et à la haine ; car la haine semble être le seul mobile, le seul sentiment, chez ces hommes qui prodiguent tant la *Fraternité*.

Les *réactionnaires*, les *aristos*, ce sont, dans leur langage, tous ceux qui veulent le bon ordre, la paix, le travail, tous ceux qui repoussent l'anarchie.

Qu'en réponse à des déclamations forcenées et stupides, un honnête et intelligent ouvrier fasse entendre de sages paroles, il sera traité, lui aussi, de *réac* et d'*aristo* !

—

VI. *Le règne de la Terreur.*

Les anarchistes ont pris à tâche de réhabiliter, de glorifier cette funeste époque, dont le bonnet rouge est l'emblème.

Ouvriers ! il y a encore au milieu de vous des vieillards qui ont connu par eux-mêmes le règne de l'ancienne Montagne : vous avez peut-être un grand-père, une grand'mère dont vous pouvez interroger les souvenirs. Ah! c'est en frémissant qu'ils vous répondront!

Dans nos cités, livrées à la plus horrible misère, ils ont vu le commerce anéanti, l'argent remplacé par des chiffons de papier sans valeur, sous le nom d'*assignats;* de longues files de malheureux se pressant, des journées entières, à la porte des boulangers, pour obtenir un morceau de pain noir.

Ils ont vu la hideuse guillotine fonctionnant sans relâche ; ils ont vu, sur nos places publiques, des mares rouges où des bandes de chiens venaient se repaître de sang humain.

Ils ont vu les prisons tellement regorgeantes de victimes, que la contagion, la peste, venaient en aide au bourreau pour les vider.

Ils ont vu des hommes et des femmes octogénaires traînés au supplice sans même connaître leur prétendu crime ; des enfants enveloppés, par milliers, dans les massacres et les noyades.

Ils peuvent vous confirmer les récits des historiens, celui du révolutionnaire Prudhomme, par exemple, qui ne peut être suspect. Voici comment Prudhomme, dans son lugubre dictionnaire, classe les victimes de la Terreur (1) :

Ci-devant nobles.	1,278
Femmes, *idem*	750
Femmes de laboureurs et d'artisans.	1,467
Religieuses.	350
Prêtres.	1,135
Hommes non nobles de divers états.	13,633
Total.	18,613
Femmes mortes de frayeur ou par suite de couches prématurées.	3,400

(1) *Histoire générale et impartiale des erreurs, des fautes et des crimes commis pendant la Révolution.* — 6 vol. in-8°.

Femmes enceintes et en couches. . . . 348
Femmes tuées dans la Vendée. 15,000
Enfants tués dans la Vendée.. 22,000
Morts dans la Vendée. 900,000
Victimes sous le proconsulat de Carrier à
   Nantes. 32,000
Parmi lesquelles on compte:
Enfants fusillés. 500
Idem, noyés. 1,500
Femmes fusillées. 264
Idem, noyées. 500
Prêtres fusillés. 300
Idem, noyés. 460
Nobles noyés. 1,400
Artisans noyés. 5,300
Victimes à Lyon. 31,000

Dans ce nombre ne sont pas compris les victimes des massacres de Versailles, des Carmes, de l'Abbaye, de la *Glacière* d'Avignon, les fusillés de Marseille et de Toulon, après le siége de ces deux villes, les égorgés de Bedoin (Vaucluse), dont la population périt presque tout entière.

Vous le voyez, ce n'étaient pas seulement des nobles, des *bourgeois* que frappait la Terreur : c'étaient aussi, et plus nombreux encore, des artisans, des ouvriers ; la hideuse charrette emportait pêle-mêle la pauvre femme du peuple et la duchesse, même la reine : — égalité devant l'échafaud !

Voici ce qu'écrivait d'Orange le conventionnel Maignet : « La *sainte guillotine* va tous les jours ; marquis, comtes, procureurs, *montent tous sur Madame.* Dans peu de jours, SOIXANTE CHIFFONNIERS y passeront.

Ces chiffonniers étaient-ils des *aristocrates*?

Qu'on lise la liste des arrêts de mort prononcés par le tribunal révolutionnaire de Paris ; — on y verra, parmi une foule d'ouvriers de tous les états, coupables d'être honnêtes gens, jusqu'à un pauvre de l'hospice de Bicêtre, nommé Ostalier.

Etait-ce aussi un *aristocrate* que cet indigent d'un hospice?

Et les admirateurs de la plus affreuse tyrannie qu'il y eut jamais, osent profaner le beau mot de *Liberté!*

Et les adorateurs des plus hideux bourreaux viennent, dans des discours d'apparat, protester contre la peine de mort! Robespierre, lui aussi, parlait contre la peine de mort, deux ans avant de changer la France en un vaste abattoir!

Les pompeux éloges de ce monstre et de ses pareils, les cris de : *Vive la guillotine!* et d'autres semblables, montrent assez ce que feraient nos terroristes nouveaux.

A leur tour, ils frapperaient partout sans distinction; ils seraient les égorgeurs, les assassins du Peuple, partout où le Peuple protesterait contre leur tyrannie.

—

VII. *Les clubs, les banquets.*

Ouvriers, ces clubs où l'on vous jette tant de fausses promesses, de paroles insensées ou atroces, ne sont pas seulement des arsenaux de mensonges; ce sont aussi des spéculations faites à vos dépens.

Pour les frais de la salle et du luminaire, pour l'impression des discours de tel ou tel orateur montagnard, pour des quêtes qui ne vont pas toujours (la police correctionnelle l'atteste) à la destination annoncée, on vous soutire ce que vous avez bien péniblement gagné; on vous prend votre pain, celui de vos vieux parents, de vos jeunes enfants!

Ne vaudrait-il pas mieux vous reposer du labeur du jour au sein de votre famille, que d'aller vous repaître de mots vides et trompeurs, et entretenir, de vos chétives ressources, l'industrie de quelques spéculateurs prétendus démocrates?

De même pour ces banquets où des tribuns de contrebande, des charlatans effrontés, des comédiens politiques et soi-disant populaires, viennent débiter leurs phrases et jouer leurs parades; après quoi, peu contents du gruyère démocratique, bon pour le commun des martyrs, ils s'en vont se rincer la bouche et faire un fin dîner.

Recherchez un peu qui sont, en général, ces entrepreneurs ou ces parleurs de clubs et de banquets. Sont-ce des ouvriers? Non; vous trouverez en eux de mauvais avocats sans causes, de mauvais médecins sans malades, de mauvais écrivains sans lecteurs, des brouillons ambitieux perdus de dettes et d'inconduite, qui ont besoin d'un bouleversement pour pêcher en eau trouble et rétablir leurs affaires.

Cherchez aussi, sous la blouse ouvrière, quels sont les casseurs de réverbères, les acteurs ordinaires du bruit et de l'émeute. Vous reconnaîtrez des *travailleurs* qui n'ont pas envie de travailler, des piliers d'estaminet, des condamnés pour tapage, coups et blessures, voire même pour des délits plus honteux; vous reconnaîtrez des voleurs, des réclusionnaires libérés, des forçats qui se glissent dans vos rangs, vous compromettent et vous salissent.

—

VIII. *Autres duperies.— L'Icarie.*

Parmi les duperies indignes pratiquées sous prétexte de socialisme, faut-il vous rappeler l'*Icarie?*

Là, ce devait être, pour les fidèles croyants du système, le modèle des *républiques démocratiques et sociales*: qu'est-il arrivé?

De pauvres gens ont versé le peu qu'ils possédaient dans la caisse de la prétendue Association. Ils sont partis pleins d'espérance: hélas! ils n'ont trouvé que la misère, le désespoir. De ceux qui n'ont pas laissé leurs os dans cette fausse *terre promise*, quelques-uns sont revenus exténués, couverts de haillons, redemandant en vain

1..

leur argent et réduits à la consolation d'une plainte en escroquerie.

Croyez-le bien, Ouvriers, cette consolation-là sera la seule que vous laisseront toutes les piperies de la même espèce, toutes les *banques* socialistes et communistes où l'on pourra vous convier à jeter vos économies.

—

IX. *Encore les habiles et les victimes.*

Les journaux démagogiques, les orateurs de la Montagne, se gardent bien de vous dire en propres termes : « Prenez les armes ! faites des barricades ! » Ils se dévoileraient par là trop clairement, et se priveraient de la ressource de désavouer, après coup, leurs malheureuses dupes. Mais il vous disent tout ce qu'il faut pour vous pousser à des extrémités fatales.

Qu'on vous parle de la sorte : « Voici un homme qui « est votre ennemi le plus acharné, l'auteur de tout le « mal qui vous arrive ; vous et lui, la terre ne peut pas « vous porter ensemble, » sera-t-il nécessaire d'ajouter : « Tapez dessus ? »

En juin, des hommes, égarés par ces conseillers détestables, se précipitèrent dans une affreuse lutte : a-t-on vu alors sur les barricades un seul de ces grands Montagnards, si vaillants pour faire des phrases à la tribune, pour présider des clubs et des banquets ? Ont-ils exposé un cheveu de leur tête ? Non ! Ils se tenaient en réserve pour le cas de la victoire, afin d'en profiter ! La bataille n'ayant pas tourné à leur bénéfice, ces ardents Montagnards ne soufflèrent pas mot, ou bien ils ne parlèrent que pour décliner la responsabilité des désastres dont ils étaient cause. Pour d'autres, les balles dans le combat ! pour d'autres, les souffrances de la captivité !

Le premier moment passé, leur langue reprit l'essor : ils se remirent à vous jeter leurs excitations perfides ; ils firent, eux, dispos et bien portants, la pompeuse oraison funèbre des malheureux qu'ils avaient fait tuer ; ils les appelèrent des héros. Si les insurgés étaient des héros, pourquoi donc n'avoir pas combattu avec eux?

Ah ! c'est qu'il y a plus de péril à tirer et à recevoir des coups de fusil qu'à banqueter et à faire assaut de phrases.

Maintenant, ils prétendent que c'est la *réaction*, la *bourgeoisie*, qui poussent à de nouvelles luttes. Comment! la *bourgeoisie* appellerait et provoquerait des barricades pour avoir le plaisir de se faire tuer devant !

Ces hommes-là ont pris l'amnistie comme un texte à déclamations, et ce sont eux seuls qui l'empêchent par leurs menaces contre la société, par leurs démonstrations anarchiques.

Lorsqu'on jugea, devant la Cour d'assises de Caen, les accusés rouennais des affaires d'avril, un avocat, représentant de la Montagne, était au nombre des défenseurs. Après s'être posé, avoir gesticulé, déclamé, selon l'habitude, il s'en alla, pendant la délibération même du jury, présider un banquet. Les accusés attendaient leur sort en prison, sous le coup de l'anxiété la plus cruelle, et les apôtres de la Montagne mangeaient et buvaient bien, à quelques pas de là, sans s'inquiéter si leurs défis, leurs paroles de violence, ne pourraient pas rendre les juges plus sévères !

Les voilà, ces Montagnards! Vous, qui êtes hommes de cœur, ouvriers, vous savez comment qualifier les gens qui jouent un pareil rôle !

—

X. *N'y a-t-il rien à faire?*

Est-ce donc, Ouvriers, que tout soit pour le mieux, qu'il n'y ait rien à désirer en fait d'améliorations? Ce n'est pas là ce que je veux dire.

Mais pouvez-vous croire à un sincère intérêt pour la

souffrance, de la part des gens qui attaquent et maudissent jusqu'aux plus saintes créations de la Charité? Oui, voilà ce qu'on lit dans la *Révolution démocratique et sociale* (22 février 1849) :

« ...... L'hôpital, honte à celui qui l'éleva !

« L'hôpital, la crèche, le dépôt de mendicité, les secours à domicile, l'aumône, sont les fléaux de la société ; au nom de l'égalité, je les repousse et les déclare *infâmes !* »

Vous l'entendez !... la Crèche, où sont reçus et soignés vos petits enfants, tandis que leur mère travaille ; l'hôpital ouvert à la douleur, les secours distribués aux malheureux, rien de tout cela ne trouve grâce devant les ennemis de l'ordre social ! Ils auraient traduit saint Vincent de Paul devant le tribunal révolutionnaire !

Il y a des forcenés qui déclarent la charité *infâme*, qui veulent jeter le petit enfant dans la rue, la malade hors de son lit ! Encore le plan infernal indiqué plus haut ; la même spéculation sur la souffrance et le désespoir.

Le même journal attaque aussi très-violemment le projet des *cités ouvrières* comme il en existe à Londres, grandes et belles maisons où, moyennant un prix très-modique, l'ouvrier trouve un logement propre, sain, commode, l'usage d'une vaste buanderie, d'un établissement de bains et beaucoup d'autres ressources pour son bien-être.

Il représente la Charité chrétienne comme une espèce d'outrage pour les personnes secourues, et il pousserait des cris de vengeance si cette vertu cessait de s'exercer.

En attaquant la Charité, on se dispense de la pratiquer soi-même : c'est économique.

La République rouge ne peut vous faire que du mal, et elle ne veut pas qu'on vous fasse du bien : Ouvriers, c'est ainsi que les *rouges* vous aiment !

Profanant le divin nom du Christ, ils s'en font quelquefois une dérisoire enseigne ; ils osent appeler Jésus le *premier des socialistes*, comme leurs devanciers de 93 l'appelaient le *premier des sans-culottes*, et ils blasphément jusqu'à la Charité sainte que le Christianisme seul a prêchée au monde !

Ah! répondez, Ouvriers, sont-ce de tels hommes qui peuvent améliorer votre sort? Ne sont-ils pas vos plus grands ennemis?

Le principe de l'Association est fort bon dans des limites raisonnables : ainsi, l'on ne saurait trop encourager les associations de véritable fraternité, de secours mutuels ; celles qui entretiennent, dans un corps d'état, le sentiment du devoir et de la probité, qui font de la bannière de la corporation comme le drapeau d'un régiment, dont l'honneur importe à chacun ; — oui, les associations particulières, ainsi comprises, sont excellentes ; mais n'est-il pas évident qu'elles s'effaceraient, absorbées, anéanties, par l'Association universelle, par le Socialisme? N'est-il pas évident que là, toute liberté, toute émulation, tout progrès disparaît sous un despotisme insupportable ?

Parmi nos industriels les plus riches, les plus considérés, un grand nombre ont commencé par être simples ouvriers; ils se sont élevés par leur travail, par leur intelligence ; adieu toute supériorité de l'intelligence et du travail, sous l'abrutissant niveau des prétendus réformateurs !

C'est par le calme, le bon ordre seuls, sous les auspices de l'esprit chrétien, que peuvent se développer les améliorations désirables, les vraies institutions ouvrières, au lieu des absurdes rêves qui ont déjà causé trop de maux.

II.

AUX PAYSANS.

I. *Comment la République rouge a traité les habitants des campagnes.*

Habitants des campagnes, il n'est pas que vous ne sachiez comment vous ont traités les *rouges*.

Ils vous déclaraient bornés, stupides, incapables de

1...

comprendre et d'exercer vos droits de citoyens ; ils vous comparaient aux bestiaux que vous élevez.

Ils savaient que les principes de leur République *démocratique et sociale* ont peu de crédit chez vous. Voilà pourquoi ils vous frappaient, en quelque sorte, d'excommunication politique.

Les orateurs et les journaux démagogiques et socialistes proclamaient tout haut ce dédain, cette antipathie que vous leur inspirez. Un des commissaires de Ledru-Rollin, rendant compte, lors des élections, de son mauvais succès dans les campagnes, écrivait en parlant de vous : « *Citoyens!* non ! *paysans!* » Ce mot de *paysans*, sous sa plume, était l'expression du plus profond mépris.

Or, le Paysan, c'est le Laboureur; et quel état plus utile et plus beau? Henri IV ôtait son chapeau devant un laboureur !

Tout avait été arrangé pour annuler, autant que possible, le droit électoral que l'on ne pouvait ouvertement vous refuser. Le vote au chef-lieu de canton n'eut pas d'autre but.

Les rouges voulaient faire dominer et enlever les élections par ce qu'ils nomment le *peuple des villes*; et le peuple des villes, suivant eux, ce sont les bandes clubistes, les tapageurs fainéants, qui usurpent l'honorable nom d'*ouvrier*.

Les rouges calculèrent qu'en vous forçant de faire deux lieues, trois lieues, quatre lieues même, pour aller voter, et autant pour revenir. on vous écarterait, en grande partie, du scrutin. L'électeur des villes a quelques pas seulement à faire pour exercer son droit : le vote au chef-lieu de canton, le dérangement, la fatigue qu'on vous imposa, furent donc une atteinte frappante au principe de l'égalité.

Pour l'élection du président de la République, les représentants modérés, n'ayant pu faire prévaloir le vote à la commune, firent au moins adopter les circonscriptions électorales, qui permettent de diviser le canton en plusieurs sections, quatre au plus. Les rouges luttèrent tant qu'ils purent, même contre cette réparation incomplète.

Oh! si vous les aviez vus, le 10 décembre, à Paris et dans les villes ! Ils s'étaient flattés, attendu la saison, que la pluie, la neige, les chemins défoncés vous empêcheraient d'aller voter ; et, au contraire, la Providence nous accordait un temps tout à fait exceptionnel à cette époque de l'année. Aussi, comme les rouges le regardaient de travers, ce beau ciel bleu et pur que Dieu nous donnait ! Que d'imprécations contre ce soleil radieux, contre ces *butors de paysans*, ces *gueux de paysans* (tel était leur langage), qu'il semblait favoriser tout exprès !

Ah ! ni la pluie, ni la neige, ni les mauvais chemins ne vous auraient retenus, dans cette circonstance solennelle ! Braves habitants des campagne s, vous êtes tout prêts pour affronter bien d'autres risques, dès que l'intérêt de la France vous réclame !

Lors des journées de juin, Paris vit avec reconnaissance et admiration ces gardes nationales en blouse gauloise qui avaient, au premier appel, quitté leurs champs, leurs moissons presque mûres, leurs travaux de chaque jour, pour accourir de bien loin au secours de la Société attaquée !

Les chefs de la Démagogie vous maudirent alors plus que jamais, ô Paysans ! Vous faisiez voir que vous seriez toujours là, le bulletin de vote ou le fusil à la main, pour dire à l'Anarchie : *On ne passe pas!*

—

I. *Nouveau jeu des démocrates-socialistes vis-à-vis des Paysans.*

Mais voilà que tout à coup les rouges ont, à votre égard, changé de style. Voyant qu'il n'y avait pas moyen de vous dégoûter de vos droits politiques, et que vous présentez une force trop redoutable, ils ont résolu de vous caresser, de vous amadouer, de vous tromper, s'il est possible.

A présent, vous n'êtes plus, pour eux, des *gredins de paysans*, des *butors*, des *bêtes brutes* ; il n'est plus question de ces ignobles caricatures où ils vous montraient sous les formes les plus grotesques ; celle, par exemple, qui représentait Louis Bonaparte menant derrière lui un *troupeau de dindons;* et au fond, pour rendre la chose plus claire, on apercevait un clocher de campagne !

Maintenant, les citoyens rouges vous accablent de politesses et de compliments. Un représentant de la Montagne a pris la peine d'écrire, dans un journal démagogique, une suite de lettres *aux paysans,* dans lesquelles il tâche de vous prendre à sa glu. Un autre a prononcé dernièrement, à l'Assemblée nationale, un grand discours pour le même objet. Bien entendu, l'un et l'autre sont au nombre de ceux qui ont le plus obstinément combattu la dissolution de l'Assemblée, qui se sont cramponnés avec le plus d'acharnement, apparemment pour l'amour du Peuple, à leurs chers 25 francs par jour.

Demandez-leur donc, à ces nouveaux amis du Paysan, pourquoi ils se sont opposés au vote à la commune, pourquoi ils se sont prononcés contre toutes les dispositions propres à vous faciliter l'exercice de vos droits !

Les socialistes lancent partout, dans les campagnes, des colporteurs de leurs pamphlets, de leurs journaux. Ils vous supposent donc bien dépourvus d'intelligence, bien profondément ignorants, s'ils pensent que vous serez pris dans des piéges si grossiers !

———

III. *L'Athéisme socialiste, la* PROPRIÉTÉ EST UN VOL *et autres maximes pareilles.*

Vous tenez à la Religion, gardienne de toute morale, de toute société ; eh bien ! quelle main a écrit ces blasphèmes épouvantables :

« Moi je dis : Le premier devoir de l'homme intelli-
« gent et libre, est de chasser incessamment l'idée de
« Dieu de son esprit et de sa conscience ; car Dieu, s'il
« existe, est essentiellement hostile à notre nature, et
« nous ne relevons aucunement de son autorité... Dieu,

« c'est sottise et lâcheté; c'est tyrannie et misère ; Dieu,
« c'est le mal (1). »

L'auteur de ces hideuses paroles, c'est Proudhon, le
chef du Socialisme.

Vous tenez à la Propriété, à votre foyer, à la terre
que fécondent vos sueurs. Eh bien! n'est-ce pas aussi
Proudhon qui a écrit, dans l'ouvrage que nous venons
de citer :

LA PROPRIÉTÉ, C'EST LE VOL ! LA PROPRIÉTÉ EST INFAME !

Et ce même homme ouvre, pour le Peuple, une prétendue Banque ! Ses maximes sont une belle garantie !

C'est le Communisme qui est le *vol*.

Des journaux socialistes, à l'heure même où ce parti
vous caresse, ne demandent-ils pas : « La *mise en com-
« mun* de toutes les propriétés immobilières et mobi-
« lières, qui appartiendaient à tous ; la réunion en
« une seule propriété nationale de toutes les propriétés
« particulières quelconques, le droit exclusivement ré-
« servé à l'Etat de diriger la production et la consom-
« mation (2). »

Vous tenez au principe sacré de la Famille ; eh bien!
un autre journal socialiste ne prêche-t-il pas ouvertement la polygamie, c'est-à-dire la liberté d'avoir autant
de femmes que l'on veut? Lisez seulement :

« J'ai présenté les raisons en faveur de la polygamie
« ou *cumul d'amours* ; j'ai prouvé qu'elle est le plus
« précieux germe d'union familiale. La polygamie et
« les hautes fonctions d'amour, qui sont parmi nous
« des tisons de discorde, deviennent autant de gages
« d'harmonie quand on les emploie dans leurs hauts
« degrés. Je n'ai parlé que de l'utile en fait de polyga-
« mie, nous allons traiter de l'agréable (3). »

Ainsi, les communistes attaquent à la fois tous les

---

(1) Proudhon. *Système des contradictions économiques*,
1846.

(2) *La Commune sociale*, février 1849.

(3) *La Phalange*, février 1849.

principes qui font la base de la société humaine : DIEU, LA FAMILLE, LA PROPRIÉTÉ.

—

IV. *L'Impôt des 45 centimes.*

Cet impôt, qui a pesé si lourdement sur vous, ne sont-ce pas les *républicains de la veille* qui l'ont créé? A quoi était-il destiné par eux?

A donner 40 francs par jour aux fameux commissaires qui sont allés porter, dans la France entière, le trouble et le désordre;

A payer tous les agents des clubs de Paris qui secondaient ces commissaires dans leur funeste mission ;

A solder les *montagnards* de Caussidière et de Sobrier, et tous les porteurs de cravates et d'écharpes rouges qui battaient le pavé de Paris ;

A donner à boire à tous les planteurs d'arbres de la liberté ;

A offrir aux badauds de la capitale de ridicules fêtes païennes ;

A défrayer le luxe insolent, le grand train, les scandaleuses orgies de tous les démagogues qui s'étaient jetés sur le pouvoir comme une légion de vautours ;

A éteindre leurs dettes les plus criardes, et à remplir les poches de bon nombre d'entre eux.

Habitants des campagnes, voilà quel a été l'emploi des 45 centimes !

—

V. *Le* MILLIARD *de l'indemnité.*

Les démocrates socialistes savent bien que l'impôt des 45 centimes vous pèse, avec raison, sur le cœur; ils ont donc imaginé une rubrique pour servir de compensation et se faire bien venir auprès de vous.

Cette rubrique, c'est la *restitution* (comme ils disent) de l'indemnité des émigrés.

D'abord, sachez bien que celui qui écrit ces lignes n'a eu aucun parent émigré, que l'indemnité ne lui a profité ni de près ni de loin : il est, dans cette question, aussi désintéressé que possible.

Après cela, examinons les choses dans leur vérité.

Il y avait, en France, un élément fâcheux de division, de discorde, par la position réciproque des anciens propriétaires des biens dits *nationaux* et des acquéreurs de ces mêmes biens.

Les propriétés provenant, originairement, des confiscations de la Révolution, continuaient de subir, malgré de longues années écoulées, une dépréciation sensible. Beaucoup de gens craignaient que l'on ne revînt sur ces ventes ; d'autres se faisaient un scrupule de conscience d'acquérir de ces biens-là. Dans l'annonce d'une propriété à vendre qui n'appartenait pas à cette catégorie, on avait soin de mettre toujours : *Propriété patrimoniale.* La dépréciation des biens nationaux, comparativement aux autres propriétés, variait d'un cinquième à un dixième, selon les départements.

En vue de cet état de choses, fut conçue l'idée de l'indemnité, qui ne fut pas d'un milliard, mais en réalité de *six cent vingt-cinq millions.* La moitié au moins de la somme fut touchée par les créanciers des émigrés, et ces créanciers étaient, en grande partie, des marchands, des artisans, des fournisseurs de toute nature.

Le résultat immédiat de cette loi de 1825, en dissipant les craintes des uns, les scrupules des autres, fut d'effacer enfin une distinction malheureuse. Les anciens biens nationaux cessèrent d'être dépréciés. La propriété territoriale française bénéficia d'un chiffre supérieur à celui de l'indemnité même, qui était loin d'égaler la valeur originaire de ces biens, et, à plus forte raison, leur valeur présente.

Vous le voyez, l'indemnité profita bien moins aux émigrés qu'à leurs créanciers, aux nouveaux propriétaires des biens nationaux, et à la fortune publique.

Quand les rouges mettent en avant cette idée de

faire rendre l'indemnité, ils savent parfaitement qu'aucun pouvoir régulier, républicain comme tout autre, ne prendra une mesure qui serait la violation formelle d'un droit légal reconnu, qui jetterait de tous côtés une immense perturbation. Ils ne veulent que semer des inquiétudes, exploiter un élément d'agitation, raviver des discordes et des haines, et présenter aux gens plus avides que clairvoyants un appât menteur.

Mais supposons un instant que cet extravagant et odieux projet fût mis en pratique : qu'arriverait-il?

Ce n'est point aux familles d'émigrés, mais à leurs anciens créanciers qu'il faudrait arracher la moitié au moins de la somme distribuée.

Les familles d'émigrés seraient en droit de dire :
« Puisque vous nous reprenez, après vingt-quatre ans,
« ce qu'une loi nous a donné, rendez-nous nos biens
« dont l'indemnité dut nous tenir lieu. »

La malheureuse distinction effacée par la loi d'indemnité, reparaîtrait tout naturellement; les ci-devant biens nationaux seraient, de nouveau, frappés d'une dépréciation notable.

Combien la plupart de ces immeubles ont déjà subi de ventes et de reventes ! En combien de parcelles les a divisés le morcellement infini de la propriété! Combien d'entre vous, qui ont un ou deux arpents de terre achetés du fruit de leurs fatigues, possèdent sans le savoir du bien d'origine nationale ! Les voilà donc, sinon inquiétés dans leur possession, du moins atteints par cette dépréciation renaissante !

Ajoutons encore que cette affaire de l'indemnité serait un moyen, pour les rouges, d'entamer la propriété de tout le monde. Une fois cette brèche faite, on peut assurer qu'ils ne s'arrêteraient pas en si beau chemin.

Et les rouges se moquent assez de vous pour dire qu'avec l'indemnité reprise, ils vous rembourseraient l'impôt des 45 centimes! Il est évident que pour ceux qui ont d'anciennes propriétés nationales, le remboursement qu'ils toucheraient ne serait rien près de la diminution de valeur de leur immeuble; ils recevraient, par exemple, cent sous dans leur poche gauche, et ils perdraient cent francs de leur poche droite.

Et ensuite, soyez parfaitement certains que les rouges sont des gens qui prennent et ne rendent pas.

VI. *Prétendue oppression des Paysans.*

Les rouges ont encore, auprès de vous, une autre rubrique.

Dans la subite tendresse qu'ils affectent à votre égard, ils se présentent comme des libérateurs qui viennent vous affranchir. Ces hommes, qui ne vivent que de fiel et de haine, qui sont sans cesse occupés à pousser les différentes classes de la société les unes contre les autres, montrent à l'ouvrier des villes le boutiquier, le bourgeois, le fabricant, l'industriel, comme son ennemi : à vous, Paysans, ils parlent de *nobles* qui vous tiennent sous le joug, de *seigneurs* et *maîtres* qui vous oppriment.

Allons donc! c'est se moquer! On dirait que les rouges n'ont jamais vu nos campagnes ailleurs que dans leurs clubs. Depuis soixante ans, est-ce qu'il y a des *seigneurs?* Est-ce que dans toute la France il y a un seul *noble* qui rêve le retour d'un *droit féodal* quelconque? Les nobles, aujourd'hui, ne sont rien de plus que des citoyens comme les autres. Le premier paysan venu, qui se croira lésé par le plus grand propriétaire de son canton, n'a qu'à le citer devant le juge de paix, et, s'il y a lieu, le grand propriétaire sera bien et dûment condamné, — comme cela doit être.

Naguère, dans leurs dédains, les rouges traitaient les paysans de *stupides esclaves des préjugés;* maintenant, dans leur fausse amitié, ils les appellent de malheureux esclaves de l'oppression nobiliaire. Insulte des deux parts!

Appuyé sur sa bêche ou sur sa charrue, respirant l'air pur de ses champs, vivant dans sa force et sa liberté, le Paysan n'a pas besoin que les rouges viennent se poser comme ses libérateurs ; car il ne subit et il n'accepterait aucun esclavage. Il vit en bonne intelligence avec son voisin du château, comme avec son voisin de la chaumière, et n'a pas plus envie d'aller brûler le toit de l'un que le toit de l'autre.

Il se rencontre pareillement avec tous les deux aux élections municipales, aux élections législatives, dans la garde nationale, partout ; et si quelque chose est propre à resserrer un lien si heureux, c'est la guerre déclarée par la république rouge à la société tout entière.

Guerre aux châteaux! paix aux chaumières! disaient les rouges de 93. Après le pillage des châteaux, la chaumière ne fut pas toujours épargnée ; elle le serait encore bien moins aujourd'hui que le Paysan est devenu, lui aussi, propriétaire.

Le Paysan a l'esprit plus fin que les rouges ne le supposent : il ne se laissera point prendre à leurs caresses intéressées. Les loups se déguiseront en moutons : ils viendront dire qu'ils n'en veulent pas à la propriété, à la famille : on ne sera pas dupe de ce langage de circonstance. Avec les quelques fainéants et mauvais sujets qu'ils pourraient raccoler, ils tenteront en vain d'établir leurs clubs et leurs banquets dans nos villages ; et s'ils voulaient passer plus avant, les *partageux*, les *Bédouins du Communisne*, trouveraient réponse à la pointe d'une fourche ou au bout d'un canon de fusil.

III.

AUX SOLDATS.

J'aurai moins de paroles pour vous, Soldats ; car presque tout ce que j'ai dit pour l'ouvrier, pour le paysan, peut s'adresser à vous.

En effet, n'êtes-vous pas nés, le plus grand nombre, ouvriers ou laboureurs? Vos parents ne le sont-ils pas aussi? La plupart d'entre eux vous ne doivent-ils pas, après avoir dignement payé leur dette à la patrie, reprendre l'état paternel?

Cependant, il y a des points particuliers par où ces questions vous regardent comme militaires. Votre bravoure est un ferme rempart pour l'ordre menacé. La république rouge est donc grandement intéressée à vous séduire, à vous tromper, à rompre ce solide faisceau que forme l'honneur encore plus que la discipline.

I. *Comment la république rouge a traité l'armée.*

Soldats comme officiers, tous les militaires français frémissent d'indignation au seul souvenir des affronts qu'ils ont eu à subir de la part des hommes qui voudraient les corrompre aujourd'hui.

Est-il besoin de rappeler les troupes, à Paris, désarmées et chassées? Trois semaines après la révolution de Février, on essaye de faire rentrer dans la capitale deux ou trois régiments : à peine y sont-ils que, sur l'injonction et les menaces des clubistes, on les renvoie encore. Ceux qui étaient en marche sont forcés de s'arrêter, et l'on put contempler ce douloureux spectacle de bataillons et d'escadrons français, ballottés sur les grandes routes de la France, errant de ville en ville, ne sachant où se reposer, parce que les hommes du drapeau rouge avaient prononcé contre eux un insolent arrêt d'exil.

Et ces généraux, ces colonels sommés de subir les ordres des commissaires que l'Anarchie avait érigés en souverains absolus! L'uniforme soumis au despotisme de quelques avocassiers, rebut du barreau, de quelques aventuriers dont plus d'un, précédemment stigmatisé par la justice, a eu depuis de nouveaux comptes à lui rendre !

Et ces individus, venus on ne sait d'où, n'ayant jamais porté l'épaulette, et tout à coup investis d'un grade supérieur !

Les missionnaires du désordre cherchèrent à le jeter dans les régiments. Ils y échouèrent, alors qu'ils étaient maîtres et souverains ; et à présent la république rouge se flatterait de mieux réussir !

Ceux qui vous ont humiliés, outragés, proscrits, ceux qui font pleuvoir sur vous les pierres de l'émeute, qui vous ont fusillés, canardés, comme du gibier derrière leurs barricades, espèrent que vous céderez à leurs tentatives de séduction !

Le soldat n'est pas plus bête que le paysan ; il apprécie à leur juste valeur les caresses des rouges, et il est prêt à y répondre comme il faut !

—

II. *L'armée sous le régime de la Terreur.*

Les rouges d'à présent sont dans l'admiration devant le hideux régime des vieux terroristes, devant les Robespierre, les Couthon, les Marat. Rappelons donc quelle était la position de l'armée dans cette horrible époque.

On vous parle de la gloire que les armées françaises conquirent alors : oui, certes, elles conquirent de la gloire, car elles sont toujours vaillantes ; mais les victoires de ce temps furent mêlées d'assez nombreux revers, et ces revers, c'est justement sur les hommes du Terrorisme qu'ils retombent !

La désorganisation était mise partout. Les généraux les plus expérimentés, les plus dignes de la confiance du soldat, étaient tenus en suspicion par les commissaires que la Convention déléguait auprès d'eux, et qui prétendaient diriger les opérations. Quand la présomptueuse incapacité de ces commissaires causait une défaite, ils dénonçaient comme traître le brave général dont ils avaient bouleversé les plans, et ils le faisaient traîner à l'échafaud, — ou bien, après une victoire, ils le dénonçaient encore, de peur qu'il n'eût trop d'ascendant sur son armée.

C'est ainsi que furent envoyés à la mort Luckner, Custine, Houchard, le vainqueur de Hondschoote !

En revanche, on voyait décorés de l'épaulette de général, des misérables non moins lâches qu'ignorants, et qui ne comptaient pas d'autres services que ceux du club et de l'émeute.

Ce n'est pas au Terrorisme que la France d'alors a dû ses victoires, et c'est à lui qu'elle a dû ses revers.

Les Bonaparte, les Kléber, les Lannes, les Victor, les Masséna, qui surgirent alors, se seraient fait jour aussi bien en d'autres temps, et le régime de 93 pouvait seul infliger pour chefs à nos armées un Ronsin, un Rossignol, un Tribout.

La dénonciation, qui était partout à l'ordre du jour, n'atteignait pas seulement les généraux, les officiers ; elle frappait aussi dans les plus modestes rangs de l'armée. Sur les sanglantes listes du tribunal révolutionnaire, les simples soldats sont nombreux, comme les ouvriers. Ces soldats étaient égorgés aussi comme *conspirateurs*, comme *aristocrates !*

Un exemple entre mille. — J'ai sous les yeux un ordre donné par un des noyeurs de Carrier, en date de Bourgneuf (Loire-Inférieure), le 5 nivôse an II. Par cet ordre, il est enjoint de jeter à la mer plusieurs malheureux embarqués exprès sur un navire, et il se termine ainsi :

« De plus, le caporal et les quatre fusiliers qui sont à bord. »

Ce caporal et ces quatre fusiliers s'étaient sans doute indignés de l'exécrable service qu'on leur imposait, et les bourreaux punissaient en eux l'honneur militaire !

III. *Quels sont, en France, les vrais alliés de l'étranger?*

Soldats, pour vous attirer à eux, les rouges essayent d'exploiter votre courage, votre généreux désir de gloire : ils vous montrent les Alpes à franchir, la carrière des combats qui vous reste fermée. Pour exaspérer vos cœurs, ils vous jettent à l'oreille le mot de *trahison*.

Oh! oui, les étrangers ont des alliés en France, des alliés qui leur rendent de grands services; — ces alliés, ce sont les rouges.

Ce sont les rouges qui, par l'inquiétude et l'agitation qu'ils entretiennent à l'intérieur, paralysent à l'extérieur l'action de la France. Notre armée, si nombreuse et si belle, il faut l'employer à prévenir ou à réprimer les attaques des éternels ennemis de l'ordre et du repos public. L'étranger peut agir à l'aise au dehors, quand la république rouge se charge d'empêcher que la France n'intervienne!

N'est-ce pas la république rouge, véritable auxiliaire des Autrichiens, qui a causé, l'an dernier, les revers de Charles-Albert, par cette traîtreuse invasion de la Savoie, qui força ce prince d'y laisser les troupes destinées à renforcer son armée de Lombardie?

Ne sont-ce pas eux et leurs dignes amis qui ont renversé Pie IX, le père de la liberté italienne? Ils ont montré, là comme partout, que la démagogie est la plus funeste ennemie de la liberté.

Les rouges tâchent d'exaspérer l'ouvrier avec le chômage et la misère qu'eux-mêmes ont causés; ils s'efforcent d'agir sur le soldat en criant contre cette inaction forcée dont ils sont les premiers auteurs.

—

IV. *Comment les démagogues se sont montrés à l'œuvre.*

Tandis qu'ils tenaient le pouvoir, qu'ont-ils fait au dehors, ces grands parleurs, pour justifier leur jactance?

Ont-ils eu au moins la hardiesse de pousser franche-ment le cri de guerre, de marcher, drapeau déployé, contre les puissances de l'Europe ?

Non ! Tout ce qu'ils ont su faire, c'est d'organiser, d'armer sournoisement, en sous-main, des bandes d'a-venturiers qu'ils ont lancés dans les pays voisins pour les révolutionner, tout en protestant publiquement de leur respect pour les traités acquis.

Ainsi, en Belgique, dans la honteuse affaire de *Ris-quons-Tout*; ainsi, dans le grand-duché de Bade ; ainsi en Savoie, dans cette misérable tentative qui n'a profité qu'à l'Autriche.

Encore des malheureux trompés par de fausses pro-messes, et qui sont revenus maudissant ceux qui les avaient jetés dans le péril et qui les abandonnaient, les désavouaient lâchement, quand le coup avait manqué !

Voilà ce qu'ils ont fait à l'extérieur, ces fameux déma-gogues ! Vous pouvez juger si la noble épée de la France serait bien placée entre leurs mains !

—

V. *Autres excitations anarchistes.*

Les hommes de l'anarchie qui s'efforcent de pousser l'ouvrier contre celui qui l'emploie, le paysan contre ceux qu'ils appellent les *seigneurs et maîtres*, tâchent d'animer aussi le soldat contre son chef; ils lui pei-gnent sous d'odieuses couleurs la prétendue *aristocratie* du général, du colonel, de l'officier ; ils l'excitent à l'in-discipline, à la révolte. C'est toujours la vieille tactique des rouges d'autrefois !

Les rouges d'à présent ne savent rien inventer.

Cette tactique est encore plus coupable maintenant ; car elle n'a pas même le plus léger prétexte.

De nos jours, est-ce qu'il y a encore dans l'armée le moindre privilège de naissance ? Est-ce que le simple soldat, par sa bravoure, sa bonne conduite, n'arrive pas à tous les grades ? Est-ce qu'une grande partie des officiers n'ont pas commencé par porter le sac et le fusil ? Est-ce que plusieurs de nos généraux, même, ne sont point dans ce cas ?

Ce sont les rouges qui ont voulu rétablir les priviléges en fait de grades ; — les rétablir, comme je le disais tout à l'heure, au bénéfice des clubistes, des conspirateurs démagogiques, des héros d'émeute, qu'ils imposaient de prime abord, comme officiers, à nos régiments !

De pareils *privilégiés* n'étaient-ils pas les pires de tous, les plus antipathiques à l'esprit de l'armée ?

—

VI. *Sentinelles, prenez garde à vous.*

Oui, prenez garde à vous, car voici les ennemis de vos devoirs, de votre gloire, qui cherchent à s'introduire dans la place !

Sentinelles, prenez garde à vous ! Et ici, chacun de vous est à toute heure en faction pour conserver pur son honneur !

Les rouges se sont dit en parlant de vous, Soldats : « Nous en viendrons à bout avec du vin, avec des prostituées ! »

Tels sont leurs dignes auxiliaires !

Ils vous guettent avec ces ignobles journaux qui, hier, vous accablaient d'outrages, et qui, aujourd'hui, chantent vos louanges ; ils vous les offrent gratis, ils essayent de les glisser dans le corps de garde et la chambrée. Ils annoncent hautement que l'armée sera bientôt pour eux ; après tant d'insultes, celle-ci est la plus cruelle que les anarchistes puissent vous adresser.

Mais ils en seront pour leurs avances et pour leurs frais ; vaincus par vos armes, ils ne prendront pas leur revanche sur un autre terrain. Le glorieux uniforme de notre armée ne sera pas souillé. Jamais l'infâme drapeau de sang ne sera le drapeau français !

Ouvriers, Paysans, Soldats, vous qui représentez une triple force pour la France, les paroles que je vous ai fait entendre seront, j'espère, bien accueillies.

Je ne vous ai pas jeté de vaines phrases ; je vous ai offert des faits positifs, des chiffres, des exemples pratiques. Je ne vous ai point parlé un langage de parti ; en fait d'ennemis, je ne connais que les ennemis de tout ordre social, et c'est un devoir de les combattre. Ils pourront calomnier auprès de vous cet écrit, car la vérité les gêne : vous jugerez leurs attaques.

Je ne me suis pas fait votre flatteur ; les flatteurs ne valent pas mieux pour les peu-

ples que pour les rois. Je ne vous ai pas dit :
« Vous êtes tout, et les autres ne sont rien ; »
car, moi, je ne cherche pas à exalter une
fraction de la société française aux dépens
des autres, à semer la jalousie et la haine
parmi les fils d'une même mère.

Cette mère, c'est la patrie ; — la patrie,
qui apprécie tous les services que lui rendent
ses enfants, chacun selon son état et ses
moyens : la patrie, qui veut les voir se donner la main et se confondre dans un même
sentiment d'amour !

Qu'est-ce que le PEUPLE, dans le large et
vrai sens du mot ?

Ce n'est pas ici un terme d'exclusion.
Le PEUPLE, c'est le SUFFRAGE UNIVERSEL, que
les anarchistes maudissent et renient toutes
les fois qu'il leur est contraire.

Le PEUPLE, c'est la RÉUNION DE TOUS LES
FRANÇAIS !

Imprimerie SCHNEIDER, rue d'Erfurth, 1.